AF324940

Importante Collection

OBJETS D'ART

ET DE

RICHE AMEUBLEMENT

DES

XVIe ET XVIIIe SIÈCLES

Magnifiques Tapisseries — Bronzes — Sculptures

TABLEAUX ANCIENS

COMMISSAIRE-PRISEUR

Me ESCRIBE, 6, rue de Hanovre

EXPERTS

M. A. BLOCHE
25, rue de Châteaudun, 25.

MM. HARO Frères
PEINTRES-EXPERTS
14, rue Visconti, et rue Bonaparte, 20.

CATALOGUE

DES

OBJETS D'ART

ET DE RICHE AMEUBLEMENT

DES XVI° ET XVIII° SIÈCLES

Très beau meuble de Salon en tapisserie à sujets inspirés de Le Prince
Meubles ornés de bronzes ciselés et dorés
Jolie Crédence gothique, Beaux Panneaux en bois sculpté
Superbes Candélabres, Appliques et Pendules Louis XIV et Louis XVI
Groupe en marbre signé Falconnet
Statuettes, Buste

TABLEAUX ANCIENS

Miniatures, Objets de vitrine, Dentelles

MAGNIFIQUES TAPISSERIES

Curiosités diverses

DONT LA VENTE AURA LIEU

HOTEL DROUOT, SALLE N° 3

Les Lundi 18 et Mardi 19 Février 1889

A 2 HEURES 1/4

COMMISSAIRE-PRISEUR

M° ESCRIBE

6, rue de Hanovre, 6

EXPERTS

Pour les Objets d'art

M. A. BLOCHE

25, rue de Châteaudun, 25

Pour les Tableaux

MM. HARO Frères

PEINTRES-EXPERTS

14, rue Visconti, et rue Bonaparte, 20

Chez lesquels se trouve le présent Catalogue

EXPOSITION PUBLIQUE, SALLES Nos 3 ET 4

Le Dimanche 17 Février 1889

DE 1 HEURE 1/2 A 5 HEURES

Paris. — Imp. de l'Art, E. Ménard et Cie, 11, rue de la Victoire.

Désignation des Objets

SALON EN TAPISSERIE

MEUBLES ORNÉS DE BRONZES

1 — Très beau mobilier de salon, composé d'un
grand canapé, six fauteuils et quatre chaises en
bois sculpté et doré, dessin à gerbes de fleurs et
à bouquets sur fonds à coquilles, forme à con-
tours, recouverts d'anciennes tapisseries du
temps de Louis XV, représentant aux dossiers
de charmants sujets : petits personnages en costumes chinois s'adonnant aux travaux champêtres, pinçant de la guitare, jouant de la mandoline,
fumant l'opium, dans des paysages, avec gracieux encadrements à guirlandes de fleurs et
ornements rocailles, compositions inspirées de

Le Prince. Les dessus de sièges offrent des allégories aux fables de La Fontaine, encadrées de fleurs et de rocailles sur fond rouge.

2 — Très bel écran en tapisserie au petit point, fond lamé d'or, offrant au milieu un sujet champêtre : Violoneux près d'une jeune femme en élégant costume, tenant un bouquet de roses et accompagnée d'un jeune marquis ; encadré de guirlandes de fleurs et de fruits, avec riche monture en bois finement sculpté et doré, dessin à coquilles et fleurs. Louis XV.

3 — Joli meuble dit *Bureau Bonheur du jour*, en bois satiné et de citronnier, richement garni de bronzes ciselés et dorés, guirlandes de lauriers, nœuds de rubans et chutes de fleurs. Il s'ouvre à un battant et à tiroirs ornés de plaques en spathfluor sur la façade et sur les profils. Dessus et étagères avec marbre blanc entouré de galeries ajourées. Style Louis XVI.

4 — Très jolie petite table rectangulaire en bois satiné et de citronnier, ornée sur les bandeaux de frises, d'appliques et de rosaces en bronze finement ciselé et doré ; les pieds très élégants de profils sont cannelés de cuivre, surmontés de chapiteaux et garnis de grandes feuilles d'eau en guise de

sabots. Dessus en marbre vert de mer. Style
Louis XVI.

5 — Beau meuble à hauteur d'appui s'ouvrant à
deux portes, en bois satiné et de citronnier, très
richement orné de chutes, d'encadrements et de
perlés en bronze ciselé et doré. Chaque panneau
est enrichi d'un médaillon en vernis de Martin
représentant des groupes d'amours, et au milieu
du bandeau est incrusté un autre petit médaillon
rond en vernis de Martin représentant une An-
nonciation. Dessus en marbre brèche d'Alep.
Style Louis XVI.

6 — Jolie petite table à pieds contournés de forme
Louis XV, en bois de violette et filets de mar-
queterie, ornée de bronzes finement ciselés et
dorés à rocailles fleuronnés. Beau dessus en
jaspe rouge antique aventuriné, avec incrustations de lapis.

7 — Deux statuettes d'enfants en bois sculpté,
formant supports, sur socles en bois noir. XVIIe
siècle.

8 — Belle commode en bois de violette, forme cin-
trée, richement ornée de bronzes dorés, dessus
en marbre. Époque Louis XV.

9 — Table-guéridon de forme ovale, en bois peint,
décor à guirlandes de fleurs et oiseaux.

MEUBLES ET PANNEAUX

EN BOIS SCULPTÉ

10 — Très beau meuble crédence en bois finement
sculpté, travail gothique, offrant sur la façade
des panneaux superposés à dessin ogival et
fleuronné, avec écussons fleurdelisés ; montants
à clochetons. Les côtés sont sculptés à drape-
ries. Il a subi des restaurations inévitables, du
reste, dans des meubles de l'époque.

11 — Beau panneau en bois sculpté, devant de
meuble ou frise du XVI° siècle, offrant une tête
de chérubin surmontée d'une couronne, tenant
dans sa bouche des rinceaux feuillagés se ter-
minant par des figures de grotesques ou de
chérubins.

12 — Frise en bois sculpté du XVI° siècle, offrant des
médaillons à têtes d'hommes et de femmes d'un
caractère intéressant, entrecoupés de vasques et
de festons de rubans.

13 — Suite de six jolis panneaux en bois sculpté,

représentant des arabesques délicates à fleurs
et feuillages se ralliant à une tige fleurie.
xvie siècle.

14 — Beau coffre en bois sculpté, xvie siècle, offrant
sur le devant des diablotins, des petits Bacchus
et des oiseaux au milieu d'ornements se termi-
nant en cornes d'abondance ; sur les côtés, des
médaillons à bustes de femmes.

15 — Beau coffre en bois sculpté, du xvie siècle,
offrant sur la façade des rinceaux et des têtes de
grotesques ; sur les côtés, des cartouches à médaillons têtes de femmes.

16 à 24 — Suite intéressante de trente petites frises
en bois sculpté, offrant, en haut-relief et en bas-
relief, des compositions raphaëlesques à arabesques et figures d'enfants et de grotesques.
(Sera divisée, vendue par lots assortis.)

25 — Deux portes de meuble du xvie siècle, offrant
en bas-relief, l'une, la figure de Diane, et l'autre
une figure allégorique de la France debout,
tenant la couronne royale d'une main et de
l'autre s'appuyant sur des étendards et des trophées guerriers. Au-dessus, des allégories au
repos de Diane ; au-dessous, des sphinx. Entre

les sujets, des incrustations de marbre vert.
Travail de l'école de Jean Goujon.

26 — Deux panneaux en bois sculpté, offrant en
bas-relief des compositions inspirées de la même
école.

27-28 — Quatre belles frises offrant en haut-relief
des scènes de combats. XVIe siècle.

29-30 — Quatre très beaux panneaux rectangulaires,
Renaissance, offrant en haut-relief, au milieu de
compositions fantastiques inspirées de Jean
Goujon, des médaillons à bustes de personnages,
avec cadres en bois noir.

31 à 37 — Suite de quinze jolis petits panneaux en
bois sculpté, offrant en haut-relief des têtes
d'hommes et de femmes, au milieu d'ornements
feuillagés.

38 — Stalle en noyer sculpté. Style Renaissance.

39 — Deux fauteuils en bois sculpté. Style gothique.

40 — Table en bois sculpté. Style Renaissance.

41 — Soufflet en noyer sculpté. Style Renaissance.

42 — Fauteuil d'encoignure en bois sculpté.

ARMURE

13 — Très belle armure en fer gravé et damasquiné. Travail ancien de la Perse.

PALANQUIN, CHAISE A PORTEURS

14 — Très beau palanquin en laque du Japon, fond noir à rehauts d'or, richement décoré à l'intérieur, avec garnitures en cuivre doré. Monté sur un X en peluche rouge, garni de galon d'or. Accompagné de son portant également en laque fond noir à rehauts d'or.

15 — Chaise à porteurs décorée avec monture en bois sculpté et doré. Époque Louis XV.

MARBRES

16 — Charmant groupe en marbre blanc, représentant Vénus corrigeant l'Amour. Socle en marbre blanc cannelé, avec plinthe en bleu turquin. Signé *E. Falconnet*, 1760.

17 — Joli buste de jeune fille en marbre blanc, allégorie de *l'Innocence*.

48-49 — Deux statuettes d'*Amours* en marbre blanc;
l'un tenant un petit chien, l'autre un cœur et
un sablier.

OBJETS D'ART & D'AMEUBLEMENT

50 — Très jolie pendule Louis XVI, en bronze finement ciselé et doré, représentant une Flore
debout devant un autel sur lequel sont posés
une aiguière et un bassin, et de l'autre côté un
mouton couché. Le cadran fleurdelisé est signé :
Henry Voisin. Le terrassement offre en bas-
relief sur le devant des scènes de petits amours,
allégorie de l'Astronomie, et sur les côtés des
guirlandes de fleurs. Le socle est en marbre
blanc, posant sur six pieds et orné de filets de
perles en bronze doré.

51 — Paire de très belles torchères en bronze formées des groupes de trois figures : Satyres,
Nymphe et Enfant de Clodion, montés sur superbes socles à rocailles avec bouquets à dix
lumières de même style.

52 — Très belle pendule d'aspect monumental, en
bronze doré, Louis XIV, à quatre faces, sup-
portée par des griffes de lion, surmontée d'un

dôme couronné par une Amphitrite sur un dauphin. Elle pose sur un socle à grands ornements et coquilles.

53 — Quatre magnifiques appliques en bronze finement ciselé et doré, Louis XVI, offrant en bas-relief des figures d'amours supportant des vases avec frises à arabesques, et ornés de médaillons à bustes historiques surmontés de couronnes royales. De chaque côté se détachent des nœuds de rubans retenant des guirlandes de fleurs d'une délicatesse remarquable. Des vases s'échappent des bouquets de lis à trois lumières et des gerbes de feuillages.

54 — Très belle et grande pendule Louis XVI en marbre blanc et bronze finement ciselé et doré, forme monument surmonté d'un autel allégorique de l'Amour, symbolisé par des colombes sur des attributs champêtres. Tout autour se détachent de délicieuses guirlandes de fleurs, et en guise d'anses des têtes de satyres. De chaque côté du monument sont assises, sur des fûts de colonnes cannelées, des nymphes tenant des guirlandes de fleurs tombant de deux cornes d'abondance disposées en trophée au-dessus du cadran. La façade est ornée d'un bas-relief à vase de fleurs et cariatides d'enfants. Le socle et les

saillies sont ornés de jolies moulures en bronze doré, feuilles d'acanthe et de vigne enroulées.

55 — Paire de charmants candélabres Louis XVI formés de statuettes de nymphes en bronze ciselé et doré portant des bouquets à trois lumières couronnés par des têtes de béliers tenant des guirlandes de roses.

56 — Quatre très belles appliques en bronze finement ciselé et doré, Louis XVI, formées par des amours posés sur des jetées de fleurs et portant des bouquets à trois lumières, modèle à rinceaux fleuris et gerbes de feuilles de chêne.

57 — Paire de jolies appliques à deux lumières, en bronze finement ciselé et doré, modèle rare et des plus gracieux, à ceps de vigne avec chute de roses d'où s'élancent des rinceaux contournés ralliés par une guirlande de feuilles de chêne, surmontée de bouquets de fleurs. Époque Louis XVI.

58 — Pendule forme monument, en marbre blanc et bronze doré. Cadran signé : *Cronier*. Époque Louis XVI.

59 — Paire de jolis petits candélabres en bronze doré, formées de figurines de petits faunes dan-

sant à l'abri de bouquets d'arbres fleuris à deux
lumières. Socles en marbre blanc, ornés de guirlandes de roses et de tores de lauriers finement
ciselés. Époque Louis XVI.

60-61 — Deux statuettes de guerriers en bronze,
représentés debout en pose de combat. XVIᵉ
siècle.

62-63 — Deux statuettes en bronze : *Jupiter* et
Junon, sur socles en marbre vert. XVIᵉ siècle.

64-65 — Deux bustes en bronze, jolie patine verte,
fondus à cire perdue : œuvres de *Righetti*, signés
et datés : Rome, 1793. Sur socles en bronze
doré.

66 — Cartel en bronze doré, style Louis XV, joli
modèle à rocailles et figures.

67 — Très belle pendule en bronze ciselé et doré,
du temps de Louis XVI, représentant une Bacchante recevant les sourires et les présents de
l'Amour : gracieuse allégorie de l'Automne, le
cadran indiquant les secondes, les minutes, les
heures, les jours et les dates, est signé de Lepaute,
à Paris.

Le terrassement en marbre blanc est orné
d'un charmant bas-relief en bronze doré : Baccha-

nale d'enfants, et de deux masques de satyres
avec draperie. Socle supporté par quatre tor-
tues et garni de branches de vigne enlacées avec
perlé en bronze doré.

68 — Grand et beau cartel Louis XV, en bronze
doré, riche modèle à rocailles et gerbes de fleurs
couronné par une figure d'enfant, allégorie de
la Musique, abrité sous un bosquet fleuri.

69 — Coffret en fer ciselé surmonté d'un lion
couché, avec fermeture à secret ; joli travail. Style
XVIᵉ siècle.

70 — Paire de vases en bronze doré, décor en relief.
Style Louis XVI.

71 — Paire de vases en porcelaine de Saxe, décor
à médaillons.

72 — Deux candélabres formés d'accouplements
de cariatides en bronze doré, avec bouquets à
cinq lumières. Style Louis XVI.

73 — Groupe en terre cuite : Laocoon.

74 — Paire de vases en porcelaine, décor gros bleu.
Monture en bronze doré. Style Louis XVI.

75 — Deux jardinières en bronze doré, style
Louis XVI, ornées de guirlandes de laurier.

76 — Paire de vases en marbre d'Égypte, monture bronze doré. Style Louis XVI.

77 — Deux beaux candélabres en bronze partie doré, style Louis XVI, modèle : Amours tenant des bouquets à trois lumières.

78 — Deux buires en granit oriental, montées en bronze doré. Style Empire.

79-80 — Deux bustes d'enfants, en bronze, coiffés de casques.

81 — Jolie pendule en bronze doré, style Louis XVI, forme vase, à cadran tournant.

82 — Deux cassolettes en bronze doré. Style Louis XVI.

83 — Groupe en bronze : Femme et Enfant.

84 — Statuette en bronze : *Bacchante*, d'après Clodion.

85 — Paire de bras d'appliques en bronze doré, modèle au carquois et guirlandes à trois lumières. Style Louis XVI.

86 — Paire de bras d'appliques en bronze doré. Style Louis XVI.

87 — Deux petits vases en marbre brèche sanguin, montés en bronze. Style Louis XVI.

88 — Pendule pyramide en marbre vert, monture en bronze doré. Style Empire.

89 — Pendule à cage, montée en bronze doré. Style Louis XVI.

90 — Deux statuettes en bronze : Voltaire et J. J. Rousseau.

91 — Buste en bronze doré : Henri IV.

92 — Buste en bronze : Frileuse, d'après Houdon.

93 — Deux figurines bronze : Guerriers.

94 — Statuette en bronze du xvie siècle : *Junon*.

95 — Vase en émail de la Chine.

96 — Buire ancienne en bronze émaillé. Travail arabe.

MINIATURES, OBJETS DE VITRINE

97 — Jolie miniature ovale : Portrait de jeune femme de la cour, en corsage de brocart décolleté, parée de joyaux, avec fleurs dans les cheveux ; signée : *J. Périn*.

98 — Jolie miniature ronde sur ivoire : *le Galant audacieux*. Époque Louis XVI.

99 — Belle miniature ovale : Portrait de jeune femme
en robe rouge décolletée, cheveux blonds frisés ;
attribuée à Aubry.

100 — Petite miniature ovale sur ivoire : Portrait
d'homme en habit violet, perruque poudrée, du
temps de Louis XVI ; attribuée à *Heinsius*.

101 — Miniature ronde sur ivoire : Portrait de femme
en robe bleue, avec fichu de dentelle, coiffure
haute. Louis XVI.

102 — Miniature ronde sur ivoire, époque Louis XVI :
Jeune Femme en négligé assise devant une table.

103 — Jolie miniature ronde sur ivoire : Jeune Femme
du temps de Louis XVI, en robe rose, chantant
devant un clavecin. Montée sur un fond de boite.

104 — Miniature ronde : *Jeu d'amours* en grisaille
dans le genre de *De Gault*.

105 — Belle miniature ronde : Portrait de dame du
temps de Louis XVI, assise et dessinant, en robe
blanche, décorée d'un ordre.

106 — Petite miniature ovale sur ivoire, époque
Louis XVI : Portrait de femme à chevelure lon-
gue et bouclée, avec ruban blanc dans les cheveux.

107 — Petite miniature ovale sur ivoire : Portrait de femme de l'époque Louis XVI, coiffée à la poudre, avec bouquet de fleurs au corsage.

108 — Miniature ronde : Portrait d'un officier français.

109 — Petite miniature ovale sur ivoire : Portrait d'un général français.

110 — Miniature ronde sur ivoire : Portrait de femme en costume Louis XVI, représentée assise près d'une statue de Flore.

111 — Miniature carrée : Portrait de femme en costume à collerette décolletée.

112 — Petite miniature ovale sur ivoire : Portrait de femme, coiffure Louis XVI, à aigrettes.

113 — Petite miniature ovale sur ivoire : Portrait de gentilhomme du temps de Louis XIV.

114 — Petite miniature ovale sur ivoire : Portrait d'abbé.

115 — Petite miniature ovale sur ivoire : Portrait d'homme. Louis XV.

116 — Peinture sur émail : Portrait d'homme. Louis XV.

117 — Miniature ovale sur ivoire : Tête d'amour.

118 — Miniature ronde : Portrait de femme en costume Empire, coiffure à diadème.

119 — Miniature ovale : Portrait d'un Rajah.

120 — Flacon à odeur, monture artistique en argent ciselé, partie doré.

121 — Flacon en cristal, forme à pans, monture en vermeil à guirlandes. Louis XVI.

122 — Miniature d'après Greuze : Tête de jeune fille. Cadre à feuilles de chêne.

123 — Bonbonnière en ivoire, avec miniature : Tête de femme.

124 — Miniature : Portrait de Louis XVII.

125 — Miniature : Jeune Femme musicienne.

126 — Bas-relief en ivoire : l'Amour aux cymbales.

127 — Gouache : Vue de parc, avec figures.

128 — Petite miniature : Femme à l'oiseau. Cadre en cuir.

129 — Petit dessin : le Joueur de flûte.

130 — Petit cadre en bronze ciselé et doré à double face, surmonté d'un écusson, avec inscription autour.

131 — Miniature ronde représentant *les Adieux de Louis XVI à sa famille*. Cadre bronze doré de style.

132 — Grande miniature représentant une jeune femme en élégant costume Louis XVI, assise devant son bureau et lisant une lettre.

133 — Petite coupe en émail de Limoges, décor en grisaille : amour sur un lion. Bordure lobée à fleurs. XVIIe siècle.

134 — Deux assiettes creuses, en vieux Chine, décor à alliances d'armoiries. Bordure à fleurs rehaussée d'or.

135 — Deux assiettes en ancienne porcelaine de l'Inde, décor à gerbes et guirlandes de fleurs avec armoiries.

136 — Assiette en vieux Chine, famille verte, décor à fleurs.

137 — Assiette de l'Inde, décor à écusson avec chiffre, rehaussée d'or.

138 — Bloc de cristal de roche, avec statuette en argent ciselé : Enfant russe sur un traîneau.

139 — Compotier en ancienne faïence de Rouen, décor polychrome : Paysage, oiseaux et dragons.

140 — Compotier de Sinceny, décor polychrome. Bordure quadrillée.

141 — Plat en vieux Nevers, décor bleu à semis de fleurs.

142 — Plat oblong en vieux Moustiers, décor vert à sujets, d'après Callot.

143 — Plat rond en vieux Moustiers, décor sujet de chasse et fleurs en vert.

DENTELLES

144 — Volant en dentelle vénitienne.
Long., 2 m. 90 cent. ; larg., 56 cent.

145 — Coupe de dentelle vénitienne très fine.
Long., 2 m. 84 cent. ; larg., 43 cent.

146 — Coupe de dentelle vénitienne.
Long., 3 m. 50 cent. ; larg., 16 cent.

147 — Coupe de dentelle grecque.
Long., 3 m. 15 cent. ; larg., 10 cent.

148 — Couvre-lit en dentelle ancienne grecque.
Long., 2 m. 66 cent. ; larg., 1 m. 75 cent.

149 — Deux dessus de canapés en dentelle ancienne grecque.
Long., 2 m. 10 cent. ; larg., 1 mètre.

150 — Beau tour de lit vénitien.

Long., 3 m. 70 cent.; larg.. 75 cent.

151 — Dentelle grecque, très curieux dessin.

Long., 4 m. 25 cent. ; larg., 75 cent.

152 — Tour de canapé grec.

Long., 2 m. 30 cent.; larg., 35 cent.

153 — Tapis persan ancien : *Zermaïsse.*

Long.. 5 mètres ; larg., 1 m. 92 cent.

TAPISSERIES

154 — Magnifique décoration de salon en tapisserie, du temps de Louis XVI, composé de trois panneaux à fond crème damassé, représentant : le plus grand, deux médaillons à scènes d'enfants, gracieusement groupés autour de fontaines dans de jolis parcs assistant à la représentation allégorique des Fables de La Fontaine : le Loup et l'Agneau, le Renard et la Cigogne. Entre les deux médaillons se dessine un élégant trophée d'attributs champêtres suspendu à un nœud de rubans auquel se rallient des guirlandes de fleurs et de fruits, tenues aux extrémités par des têtes de béliers qui retiennent par des festons de rubans les médaillons encadrés de fleurs; tout

autour et en plein champ se dessinent des guirlandes de fleurs.

Les deux autres panneaux offrent au milieu
des médaillons à scènes d'enfants avec allégories
aux Fables de La Fontaine : les deux Canards
et la Tortue, le Corbeau et le Renard; de chaque côté, des trophées tout enguirlandés de
fleurs et suspendus par des festons de rubans.

Ces trois tapisseries sont remarquables par
l'élégance de leur composition et leur parfait
état de conservation.

155 — Jolie tapisserie du XVI⁰ siècle représentant
une chasse au cerf dans le parc d'un château ;
composition de nombreux petits personnages :
cavaliers, châtelaines, piqueurs, sonneurs de
trompe, en costumes de l'époque. Dans le bas,
au milieu d'un cartouche, se détache un sujet :
Hercule combattant le monstre à trois têtes. Au
fronton, un cartouche avec inscription et sur les
côtés d'élégantes bordures à guirlandes de fleurs.

156 — Jolie tapisserie du XVI⁰ siècle représentant une
nymphe traversant un grand jardin avec pièces
d'eau et animé de petits personnages. Dans les
airs apparaît le char de Junon, traîné par des
paons. Dans le bas se dessine une figure allégorique à l'Abondance. au fronton un brûle-

encens enrubanné et tout autour une bordure à
guirlandes de fleurs.

157 — Beau panneau en tapisserie représentant une
figure allégorique à l'Amérique, les yeux tournés
vers des navires qui apparaissent au fond, sur la
mer. Bordure à ornements. Époque Louis XIV.

158 — Jolie tapisserie du temps de Louis XV, représentant le jeu du colin-maillard ; composition de
quatre personnages, en costume de l'époque,
dans un jardin en fleurs avec fontaine monumen-
tale.

159 — Belle tapisserie du xvi⁰ siècle, représentant
des généraux de l'antiquité à la tête de leurs
armées, formant tenture flottante encadrée de
granité rouge.

160 — Tapisserie du xvi⁰ siècle, représentant une
bataille dans l'antiquité ; composition de nombreux cavaliers en armures.

161 — Grande tapisserie du xvi⁰ siècle, représentant
un roi de l'antiquité recevant des présents superbes de ses tributaires ; composition de plusieurs
personnages en riches costumes. Au fond, en
perspective, des chevaux et des chameaux avec
cavaliers ou conduits à la main.

162 — Grande tapisserie ancienne, représentant les
femmes de Darius venant implorer la clémence
d'Alexandre.

Composition de nombreux personnages. Bordure à arabesques de fleurs et d'ornements
avec masques d'hommes aux écoinçons.

163 — Grande tapisserie ancienne, représentant
l'Entrée triomphale d'Alexandre à Babylone.

Importante composition de nombreux personnages. Même bordure que la précédente.

164 — Panneau de tenture en ancienne tapisserie
dite verdure, avec volatiles : Vue de château en
perspective.

Bordure à fleurs et oiseaux, entourée de ve-
lours rouge.

165 — Quatre panneaux ou fragments, en tapisserie
verdure.

166 — Lot de broderies, en ancienne tapisserie de
diverses époques.

TABLEAUX

BRIL (MATHIEU

(École de)

167 — *Paysage avec figures.*

Dans les airs, on aperçoit Mercure.

Bois. Haut., 45 cent.; larg., 80 cent.

DESPORTES

(Attribué à)

168 — *Un surtout en argent, rempli de fleurs et de fruits que viennent manger des oiseaux, est placé à terre.*

Très belle décoration de paysage.

Toile. Haut., 92 cent.; larg., 2 m. 20 cent.

DEVERIA

169 — *Voltaire devant M*^{me} *Denis, bénissant le petit-fils de Franklin.*

Signé à gauche et daté 1820.

Toile. Haut., 40 cent.; larg., 33 cent.

GREUZE

(D'après)

170 — *L'Enfant au chien.*

Bonne et ancienne copie.

Toile. Haut., 58 cent.; larg., 50 cent.

KALF

171 — *Intérieur de cour, avec figures, légumes et nombreux accessoires.*

Bois. Haut., 28 cent.; larg., 22 cent.

LOO CARLE VAN

172 — *Le Triomphe de Silène.*

Toile. Haut., 1 m. 47 cent.; larg., 1 m. 92 cent.

MEULEN (VAN DER)

École de

173 — *Passage du Rhin.*

Louis XIV, monté sur un cheval pie et entouré des princes et de ses généraux, donne des ordres à un officier à pied. Plus loin, des pièces d'artillerie protègent la cavalerie, qui traverse le fleuve.

Toile. Haut., 70 cent.; larg., 90 cent.

RAOUX

174 — *La Tentation.*

> Toile. Haut., 23 cent.; larg., 25 cent.

RIDINGEN

(JEAN-ÉLIE)

175 — *Cheval espagnol.*

> Signé à droite.

> Cadre. Haut., 24 cent ; larg., 33 cent.

RIDINGEN

(JEAN-ÉLIE

176 — *Cheval turc.*

> Signé à droite.
> Pendant du précédent.

> Cadre. Haut., 24 cent.; larg., 33 cent.

RUBENS

École de

177 — *Offrande à la Vierge.*

> Guirlande de fruits supportée par des enfants entourant une statue de la Vierge.
> Peinture allégorique.

> Bois. Haut., 66 cent.; larg., 50 cent.

SCHALCKEN

École de)

178 — *La Ménagère hollandaise.*

Effet de lumière.

Toile. Haut., 24 cent.; larg . 19 cent

VALENCIENNES (DE)

179 — *La Cascade, paysage.*

Effet de soleil levant.

Toile. Haut., 1 m. 60 cent.; larg., 1 m. 45 cent.

VALENCIENNES (DE)

180 — *Paysage, le pont.*

Signé à droite et daté 1789.

Toile. Haut., 1 m. 60 cent.; larg . 1 m. 45 cent.

VLIET (HENRI VAN)

181 — *Intérieur d'un temple.*

Signé sur le bas du pilier et daté 1760.

Toile. Haut., 49 cent.; larg., 43 cent.

ÉCOLE FLAMANDE

182 — *Intérieur de cabaret.*

Toile. Haut., 49 cent.; larg., 40 cent.

ÉCOLE ITALIENNE

183 — *Le Repos de la Sainte Famille en Égypte.*

Toile. Haut., 55 cent.; larg., 65 cent.

ÉCOLE ITALIENNE

184 — *Le Festin des Dieux.*

Toile. Haut., 1 m. 32 cent.; larg., 1 m. 60 cent.

ÉCOLE FRANÇAISE

185 — *Portrait de M*^{me} *Roland.*

Cette peinture, très intéressante par le mérite de l'exécution, rappelle une des figures les plus célèbres et les plus sympathiques de la Révolution française.

Derrière la toile, on lit cette curieuse inscription :
J. P. femme Roland, peint par Greuze. 1792.

Toile. Haut., 45 cent.; larg., 38 cent.

ÉCOLE FRANÇAISE

186 — *Amours jouant avec des colombes.*

Peinture décorative.

Toile. Haut., 94 cent.; larg., 89 cent.

ÉCOLE FRANÇAISE

187 — *Amours jouant avec un dauphin.*

Peinture décorative.

Toile. Haut., 90 cent.; larg., 1 m. 5 cent.

ÉCOLE FRANÇAISE

188 — *La Continence de Scipion.*

Toile. Haut., 2 m. 7 cent.; larg., 2 m. 65 cent.

189 — Quatre miniatures emblématiques sur vélin, époque Louis XIV, représentant des sujets divers concernant les familles d'Espagne et d'Orléans.

Très beaux cadres en bois sculpté de l'époque.

BREUGHEL

D'après

190 — *Le Printemps et l'Été*.

Deux gouaches.

191 — *Campement croate*.

Toile. Haut., 1 m. 50 cent.; larg., 1 m. 92 cent.

192 — Tableaux et objets non catalogués.

RED. :

22

MIRE ISO N° 1
NF Z 43-00?
AFNOR
Cedex 7 - 92080 PARIS-LA-DEFENSE

graphicom
379 80 70

0 1 2 3 4 5 6 7 8 9 10

www.ingramcontent.com/pod-product-compliance
Lightning Source LLC
LaVergne TN
LVHW010440060726
842527LV00005B/1616